Phil — Mademoiselle Caroline

-3 KILOS AVANT LE MAILLOT

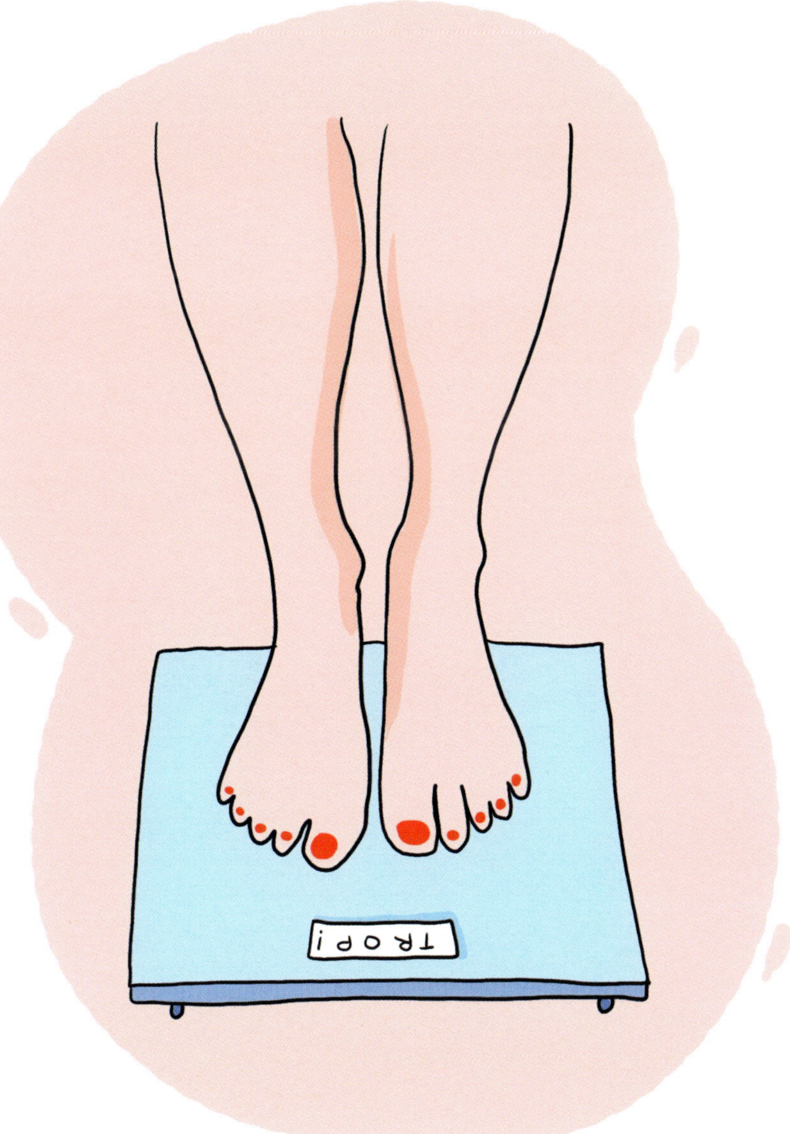

Kantik

Pour Maman, Caroline, Eugénie, et Amandine.
http://www.mademoisellecaroline.com

Mademoiselle Caroline

Merci à ma PL, sans qui je n'écrirais que des histoires de cow-boys avec des pistolets.

Phil

www.editions-kantik.fr
contact@editions-kantik.fr

Dépôt legal : Mai 2011
ISBN : 978-2-35708-048-5
Achevé d'imprimer en France par Jean-Lamour en mai 2011

A la graisse d'oie

Plat du jour : magret de canard, pommes sautées à la graisse d'oie.
le plat du jour 8 €
RESTAURANT
Euh... pour moi, une salade végétarienne. Sans croûtons. Avec la sauce à part.
Pavé de saumon, mais sans les pâtes. Haricots, ou salade, c'est possible ?
Vous avez des carottes râpées ?
Dites donc les nanas, ça sent le printemps, tout ça !
Et pour Monsieur ? Une salade verte ?
Alors là, non ! Je prends pas un gramme, MOI. Je mange ce que je veux.
Je vais prendre les endives braisées au jambon, sauce béchamel.
Sans jambon.
Et sans sel.
Ni béchamel.
Ben, oui, je fais un peu de rétention.

É-NORME

Tiens, t'es déjà là ?
Ben alors Sarah ? T'en fais une tête ! Ça c'est mal passé, ton déj avec tes copines ?
SUPER BELLE
top chrono avant la plage
Non, non.
Tu savais que les acides gras saturés sont responsables à 67,8%, de la cellulite ?
C'est énorme !
En plus, c'est des acides arboxyliques à chaîne alyphatique, il paraît que c'est HYPER mauvais pour le corps !
Ah non, tu vas pas recommencer avec ça !
N'empêche, c'est hyper mauvais pour le corps.
Arrête, un peu, t'es super mimi...
Tu m'as pas vue en maillot ! Je suis É-NORME.
Oui, enfin, c'est une façon de parler.
Et puis il y en a à qui ça va super bien...
Si c'est pour être anorexique comme ça, merci...

Un petit 36

Les Chipies
Excusez-moi, c'est quelle taille ? Il n'y a pas d'étiquette.
C'est du 36, madame.
Du 36 ???
Essayez, vous verrez, ça taille grand.
J'en reviens pas ! Je rentre dans du 36 !
Et la couleur fait ressortir vos yeux.
Ah ça alors... Deux semaines de régime et je rentre dans un 36 !
Vous pouvez taper votre code, madame.
Je retire ce que j'ai dit, Olivia. C'était pas bête, votre idée de retirer les étiquettes.

-3 kilos avant le maillot

NOUS LES FEMMES
spécial été : - 3 kilos avant le maillot
spécial été : - 3 kilos avant le maillot
spécial été : - 3 kilos avant le maillot
Oui bonjour, c'est Marie... Je vous appelle pour une urgence... 16 heures ? Très bien.
Et là, j'ai dit : « si vous n'avez pas de carottes râpées, je vais prendre le magret »...
KLNX

Après le sport, le réconfort

Alors là tu m'as scotchée ! J'aurais jamais cru que tu t'inscrirais.
Oh, ça m'a pris comme ça. Je me suis dit : Marie, ma vieille... faut prendre le taureau par les cornes !
C'est pas en se plaignant qu'on va perdre des kilos, hein.
C'est sûr.
Non, et puis bon, sans faire de sport, tu peux faire tous les régimes que tu veux, ça sert à rien.
C'est clair.
En plus quand on veut... pfff... on peut...
Ab... solument.
Le... pfff... le laisser-aller... ça... pfff... ça va bien... un moment...
Tout... pfff... tout à fait...
Bon, allez, une petite douche !
On a assuré comme des bêtes !
Et sans dopage.
Dans un mois, on aura des fesses en béton.
Hmm... Ch'est bon, cha fait du bien...
Le sport, ça creuse !
eau

40 minutes sinon rien

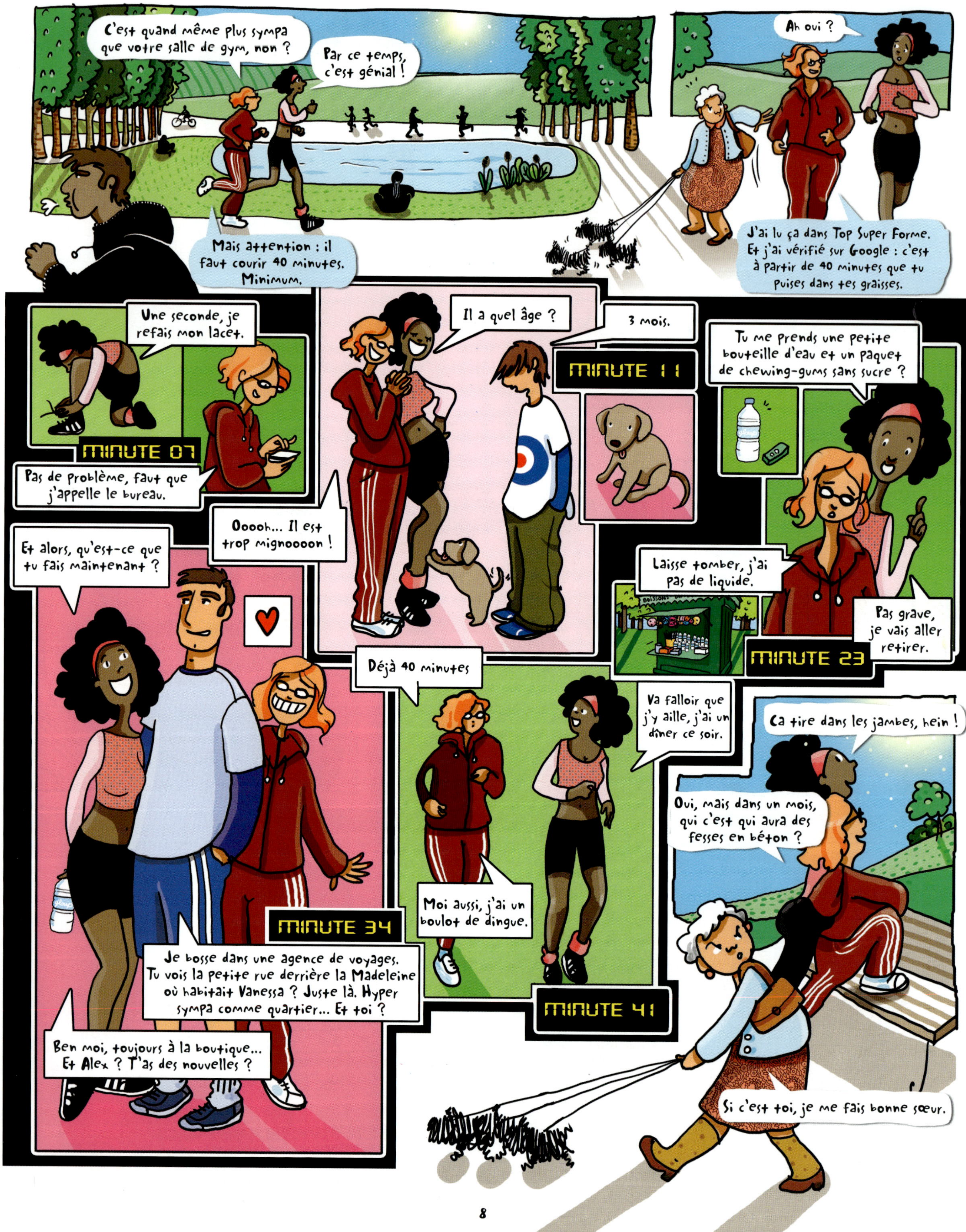
C'est quand même plus sympa que votre salle de gym, non ?
Par ce temps, c'est génial !
Mais attention : il faut courir 40 minutes. Minimum.
Ah oui ?
J'ai lu ça dans Top Super Forme. Et j'ai vérifié sur Google : c'est à partir de 40 minutes que tu puises dans tes graisses.
Une seconde, je refais mon lacet.
MINUTE 07
Pas de problème, faut que j'appelle le bureau.
Il a quel âge ?
3 mois.
MINUTE 11
Ooooh... Il est trop mignoooon !
Tu me prends une petite bouteille d'eau et un paquet de chewing-gums sans sucre ?
Laisse tomber, j'ai pas de liquide.
Pas grave, je vais aller retirer.
MINUTE 23
Et alors, qu'est-ce que tu fais maintenant ?
MINUTE 34
Je bosse dans une agence de voyages. Tu vois la petite rue derrière la Madeleine où habitait Vanessa ? Juste là. Hyper sympa comme quartier... Et toi ?
Ben moi, toujours à la boutique... Et Alex ? T'as des nouvelles ?
Déjà 40 minutes
Va falloir que j'y aille, j'ai un dîner ce soir.
Moi aussi, j'ai un boulot de dingue.
MINUTE 41
Ca tire dans les jambes, hein !
Oui, mais dans un mois, qui c'est qui aura des fesses en béton ?
Si c'est toi, je me fais bonne sœur.

Sans eff-iiiii-ort

¡¡¡¡¡¡¡¡¡¡ !
Oui, tu me fais un récap sur Excel et on voit ça en réunion tout à l'heure.
Et tu n'oublies pas le...
¡¡¡¡¡¡¡¡¡¡ !
Bref, tu n'oublies rien.
Salut Olivia ! Quoi de neuf ?
15
Tu ne vas pas y croire, la honte totale : j'ai commandé un truc par téléachat ! C'est un...
¡¡¡¡¡¡¡¡¡ !
Chipies
Un Superélec 2000, des abdos de rêve en 3 semaines sans effort ?
Comment t'as su ???

Miracle 2000

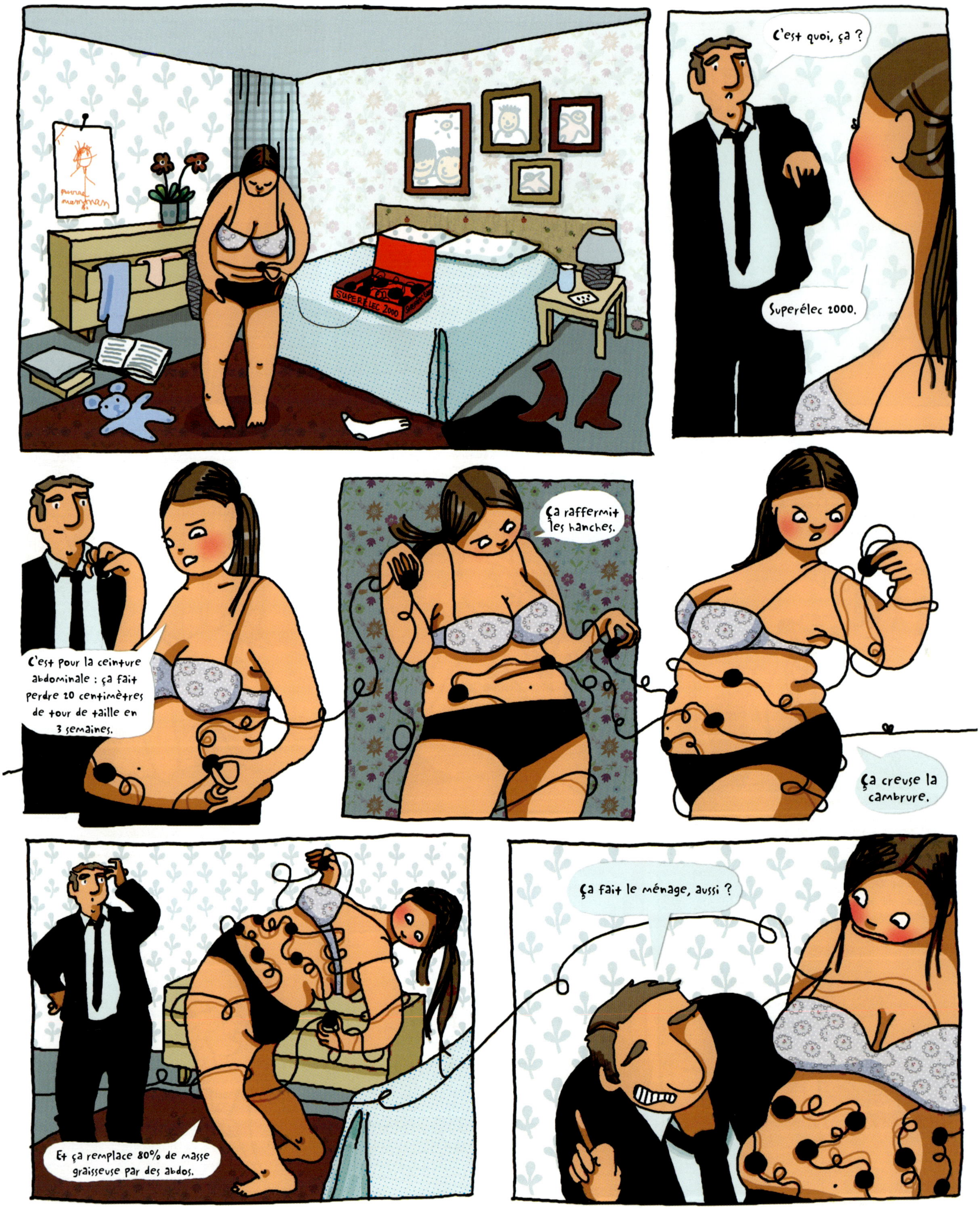
SUPERÉLEC 2000
C'est quoi, ça ?
Superélec 2000.
C'est pour la ceinture abdominale : ça fait perdre 20 centimètres de tour de taille en 3 semaines.
Ça raffermit les hanches.
Ça creuse la cambrure.
Et ça remplace 80% de masse graisseuse par des abdos.
Ça fait le ménage, aussi ?

Decontrax

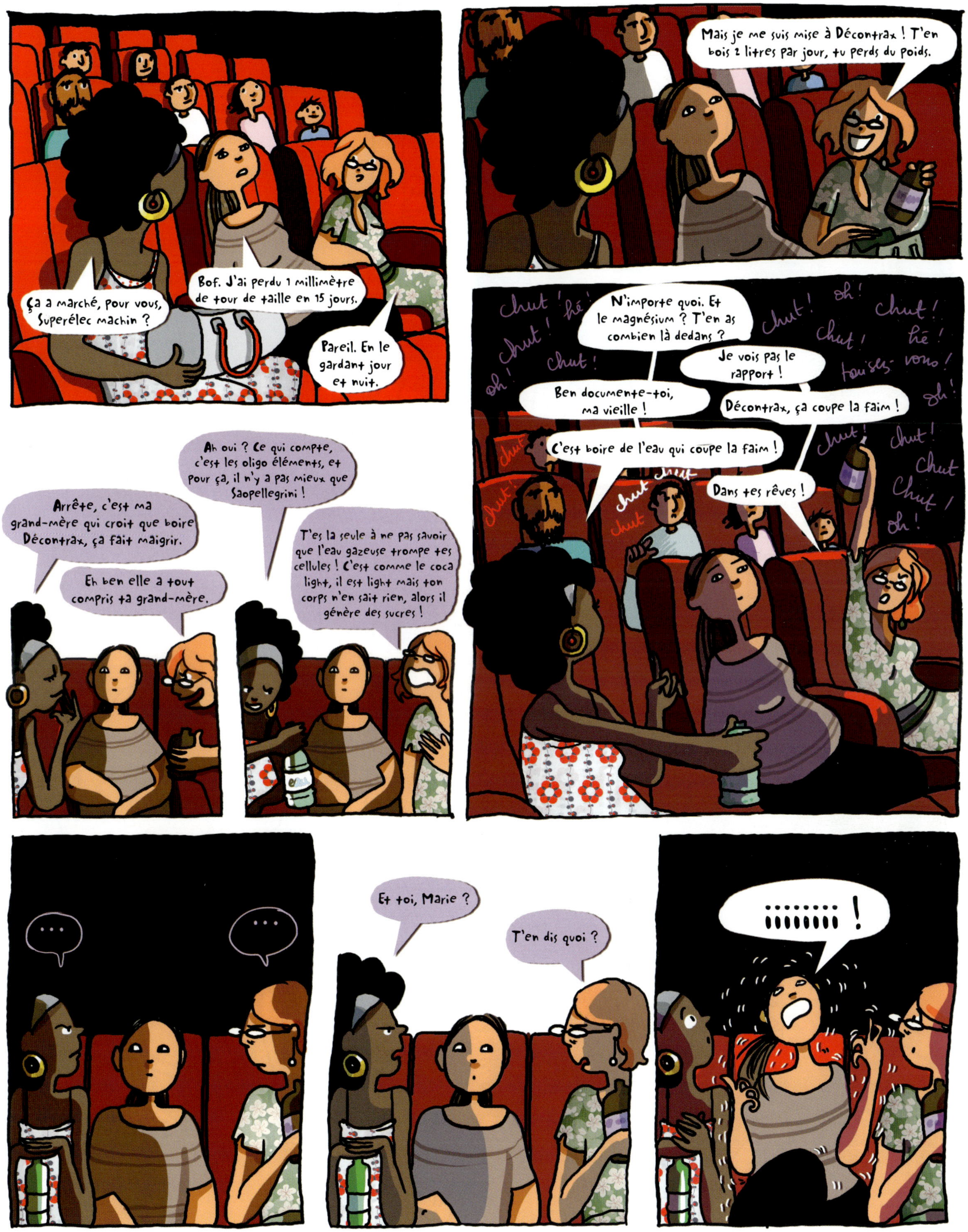

Ça a marché, pour vous, Superélec machin ?
Bof. J'ai perdu 1 millimètre de tour de taille en 15 jours.
Pareil. En le gardant jour et nuit.
Mais je me suis mise à Décontrax ! T'en bois 2 litres par jour, tu perds du poids.
Arrête, c'est ma grand-mère qui croit que boire Décontrax, ça fait maigrir.
Eh ben elle a tout compris ta grand-mère.
Ah oui ? Ce qui compte, c'est les oligo éléments, et pour ça, il n'y a pas mieux que Saopellegrini !
T'es la seule à ne pas savoir que l'eau gazeuse trompe tes cellules ! C'est comme le coca light, il est light mais ton corps n'en sait rien, alors il génère des sucres !
N'importe quoi. Et le magnésium ? T'en as combien là dedans ?
Je vois pas le rapport !
Ben documente-toi, ma vieille !
Décontrax, ça coupe la faim !
C'est boire de l'eau qui coupe la faim !
Dans tes rêves !
...
...
Et toi, Marie ?
T'en dis quoi ?

Associations non caritatives

Hello les filles !
Alors oui, je suis super en retard, oui je mérite une bonne fessée... MAIS j'apporte la solution pour maigrir en mangeant tout ce que vous voulez !
Eh oui, mesdames.
Attention... TADAAAA ! Voilà THE régime.
TADAAA !
Ça tient en un mot : A-SSO-CIA-TIONS.
Alors j'explique. Y'a un tableau là, qui montre toutes les associations d'aliments qu'on peut absorber à volonté sans jamais prendre un gramme.
Si, si, c'est prouvé.
On peut même manger du Nutella, alors bon.
Du Nutella... avec du boudin blanc ???
Si c'est comme ça, je vous laisse avec vos petites olives et je vais me faire pour moi tout seul un sandwich bacon, crème de marrons.
Ah, vous n'allez pas commencer à chipoter !
Rillettes + confiture de fraises ?
Tarama + steak haché + sardines !
Saucisse de Morteau + fraise Tagada ?
Lait concentré sucré + huîtres !!!

Grignoter son capital

entre nous
Et donc en moins de six mois, vous avez perdu...
15 kilos.
Alors en quelques mots, pour les téléspectateurs...
C'est tout simple : chaque aliment a une valeur, que vous retranchez à votre capital de points journaliers.
Par exemple : je mange 100 grammes de poisson, 6,5 points. 50 grammes de riz, 8,1 points. Ça fait 14,6 points, que je retire à mon capital de 50 points par jour, soit 35,4. Auxquels je rajoute 1,7 de bonus pour le poisson, si c'est un poisson blanc, donc 37,1. Mais attention : pour du riz basmati, qui est plus lourd en amidon, il y a un malus de 0,3, qui nous ramène à 36,8.
Pour résumer, on peut manger tout ce qu'on veut, du moment qu'on se tient à son capital journalier ?
Exactement ! Bien-sûr, il faut se méfier des pièges...
... 100 grammes de cacahuètes, par exemple, c'est 995 points.

Que choisir ?

RESTAURA
MENU
le plat du jour 8 €
Dis-donc, ça marche moyen, les associations !
Oh, c'est de l'histoire ancienne, ça.
Vous avez choisi ?
Un instant.
Une seconde...
MENU
Je peux revenir, si vous voulez...
C'est ça.
Bonne idée.
Ecoutez, si vous ne voulez pas commander...
Non, non, c'est bon !... Presque.
Attendez... 67,8 - 44,1 + 0,7... - 0,4...
Merde, il ne me reste plus que 1,7 points.
Et moi 2,4.
MENU
Je vais vous prendre un café.
Et un Perrier, s'il vous plaît.

Et la tête, alouette

C'est pas possible, je suis énorme.
Mais non.
Je pourrai JAMAIS me mettre en maillot.
Mais si.
Regarde mes cuisses !
Elles sont très bien, tes cuisses.
Tu parles !
Et mon cul ! T'as vu mon cul ? C'est pas compliqué : je suis un éléphant.
Il est parfait, ton cul.
Et mes bras... On dirait des cuisses !
Mais pas du tout.
Et alors sous le menton...
Ah oui, t'as pris un peu du visage.
Et en plus j'ai épousé un gros con !

Que celui qui n'a jamais péché

J'ai un message de Marie.
Elle dit quoi ?
Oh, la pauvre... Devine ce que Marc lui a sorti !
Il lui a carrément balancé qu'elle était grosse !!!
Non !
Si.
Je ne sais pas ce qu'elle fout avec ce mec.
C'est pas Karine, là bas ?
Si c'est elle. Dis-donc qu'est-ce qu'elle a pris...
Hmmm...
Tu m'étonnes, je ne l'ai même pas reconnue.
Comment elle est boudinée dans sa jupe ! Un vrai saucisson.
Miss Piggy.
Le pire c'est Morgane.
Sauf que les cachalots, ça n'a pas de cellulite.
Alors elle ! C'est Sauvez Willy.
Ben si, on les chasse pour la graisse.
Hi
hi
hi
Qu'est-ce qu'on disait déjà ?
Ah, oui, on parlait de Marc.
Quel salaud.
Clair.
Méchanceté gratuite !
C'est dégueulasse.

Nos ancêtres les shamans

La pauvre Marie.
Vraiment.
Elle doit bien déprimer, ce soir.
Bon, c'est pas tout ça, mais j'ai quelque chose d'important à vous dire.
Tu te maries ?
Tu attends un enfant.
Vous êtes bêtes !
MENU
On fait fausse route, les filles.
Pour maigrir, c'est tout simple :
il faut des produits NA-TU-RELS.
MENU
Tout est dans les plantes ! C'est vieux comme le monde. Il suffit de savoir lesquelles... Et pour ça, j'ai trouvé LA boutique de diététique ultime.
Le mec fabrique lui-même ses produits, il connaît les techniques des shamans de Papouasie.
Eh, toi !
Si tu veux vendre ta came, tu vas ailleurs, ok ?
?

Une indienne dans la ville

C'est 100% naturel ! À base de plantes et de racines de Wakahouta. Les Indiens d'Amazonie l'utilisent pour purifier leur corps des graisses et des toxines.
Deux gélules le matin, deux le midi, deux le soir.
Diététique-bio-naturopathie-fengshui
13 HEURES
13 HEURES 22
13 HEURES 37
14 HEURES
15 HEURES 21
15 HEURES 28
16 HEURES 04
17 HEURES 35
TOILETTES
Les Indiens, ils peuvent chier devant leur tente !!!

Ouvre tes shakras

Et maintenant, vous allez entrer dans votre monde intérieur...
Et douuucement, vous allez chercher... chercher au fond de vous, les dernières chaînes qui vous retiennent encore prisonnière...
Prisonnière de vous-même...
Et vous allez dire NON. NON à la nourriture qui vous obsède.
Nooooon...
NON à l'envie de manger... NON aux excès qui ne sont qu'un faux besoin produit par votre inconscient...
Vous vous sentez détachée... Libérée... Libre !
Votre inconscient se débarrasse... de la nourriture inutile... du superflu...
du trop gras... du trop lourd... du trop sucré...
nutullu
Vous êtes légère... légèèèère...
nutullu
Et voilà. Le problème est réglé.
Vous allez voir, ce n'est pas demain que ça va vous reprendre !
Rajoutez un pain au chocolat, deux chaussons aux pommes, un chausson napolitain, un éclair au café, cent grammes de chouquettes et une baguette.
Et une quiche.

Maigrir, ça n'a pas de prix

Alors... La tisane amincissante de palme sauvage du Kamchatka... 33 euros.
VAINCRE LA BOULIMIE PAR L'HYPNOSE
Le trompe-faim à base de quinoa et d'avoine, 29 euros 50... Les ampoules de concentré d'orchidée afghane bio pour faire fondre les graisses, 59 euros...
Le pain sans farine, sans sel et sans levure, 28 euros... Les gouttes d'essence de Macarhena, 37 euros 15, à mettre dans le thé sibérien subcalorique, 41 euros...
Les sels de bain spécial drainage, 67 euros 30... La bougie tibétaine aux extraits d'encens des montagnes, spéciale lâcher prise, 39 euros... Le livre de Yogi Prachka, « J'apprends à ne rien manger », 50 euros... Et les bâtonnets d'encens à l'os de seiche du Yunan, 24 euros 60...
Ce qui nous fait 408 euros 55. Comme vous venez de la part de Louis-Paul, on va dire 408 euros.
On se revoit dans quinze jours ? Sauf si vous finissez le thé sibérien, ça se boit très vite, ça.
Vous réglez comment ?
Mince, j'ai laissé ma carte dans ma voiture ! Je reviens.

Pilulovski

Oui, bon, c'est un peu galère, mais faut savoir : vous préférez vous bourrer de trucs chimiques ?
MENU
OUI !!!!!
Moi je dis ça, c'est pour vous, hein.
Ah oui ? Passer sa journée aux chiottes...
Pour 1634 euros 20 par mois.
Sous hypnose !
Vous voulez du chimique ? En voilà !
Ce petit bijou s'appelle Kalorisky. Ça cartonne GRAVE en Russie. Pas en vente libre chez nous, mais livré en 48h sur le net.
Aucune contrainte, aucun régime, une pilule par jour. C'est de la folie. Y'a un mec sur le site qui a perdu 42 kilos en un mois ! Et une nana qui...
Importante saisie douanière... Filière des pays de l'est... Vendus sur internet... Déjà huit morts...
Mais enfin, je vous dis que ça n'a rien à voir !!!

Palpé, roulé, emballé

Chez moi, en Suède... blabla... petits chalets en bois... blabla... On appelle ça les grömölmö...
Pour passer le week-end... blabla... petits gâteaux... blabla...
Rien de tel que le sauna... blabla... Et alors quand il fait froid... blabla...
Et on peut même voir des ours... blabla... alcool de prune... blabla...
Vous connaissez la Suède ?
MAIS PUTAIN AAAAÏEUUUU !!!!
Alors comme ça vous auriez perdu la tête à cause de la douleur du papier roulé...
Palper rouler.
POLICE SECOURS 17

Le plus vieux régime du monde

Alors oui, vous trouvez aujourd'hui toutes sortes de méthodes plus ou moins scientifiques pour combattre la cellulite, comme le palper-rouler, par exemple, qui est une espèce de massage vigoureux...
OBJECTIF SANTE
Je n'irai pas jusqu'à dire que c'est inutile, ça peut aider à raffermir les chairs...
Ou pas...
Mais alors, quelle méthode choisir ?
Je vais vous le dire.
Pour se débarrasser de sa graisse, vous savez, on peut essayer beaucoup de choses, la médecine, la para-médecine, l'homéopathie, la naturopathie... mais au bout du compte...
La méthode infaillible, pour ne pas dire la seule...
C'EST DE MONTRER UN PEU DE VOLONTÉ ET D'ARRÊTER DE MANGER !
SPROTCH !
Passez-moi l'inspecteur Derrick !

Plaisir en poudre

PROTEOS
LE NUMÉRO 1 DU SACHET HYPERPROTÉINÉ.
T'es sûre que… ?
Grave que je suis sûre ! Il est temps de passer aux choses sérieuses.
Alors pour commencer nous avons le rayon petit déjeuner… Goût céréales, goût confiture de fraises… myrtilles… cassis… mirabelle… prune… cerise … cerise noire…
Ah oui, quand-même.
Et là, on arrive au rayon préféré de nos clientes…
Le chocolat !
Le chocolat aussi, c'est de la protéine ?
Absolument ! 100% protéine, comme tous nos produits.
Et la crème brûlée ?
Aussi.
Et la purée de brocolis ?
Aussi.
Et la fondue vietnamienne ?
Aussi.
Et le sachet goût steak, c'est de la protéine goût protéine ?

Une gorgée de Tatin

T'as pris quoi en dessert ?
Tarte tatin.
Salope ! C'est toi qui a pris la dernière...
Alors ?
Hmmm...
Vas-y, fais goûter.
C'est dingue, hein ? La pomme... le caramel... On sent même la pâte !
PROTEOS
SALAD' LAND
Vous êtes encore sur cette merde ?
Un peu oui !
On vient de s'enfiler une tarte tatin, ma vieille.
Eh ben vous avez dû inverser les boîtes, parce que ça, c'est Bœuf Bourguignon !

Les petits plats dans les grands

Salut chérie !
Papa il est cacaboudin.
Kévin, dis-pas de bêtises, mon lapin.
Je crève de faim ! Qu'est-ce qu'on mange ce soir ?
Bœuf Bourguignon, purée de pommes de terre nouvelles et céleri aux champignons des bois.
Euh... J'ai oublié un truc ?
C'est notre anniversaire ?
La Saint-Valentin ?
Noël ?
Non, non, c'est juste les filles qui m'ont donné leurs réserves. Si tu préfères, il y a du magret de canard aux airelles.
Fondue savoyarde.
Ou couscous méchoui avec supplément merguez.
CHOCO
SALSA
Sel
Je te laisse mélanger avec l'eau chaude, j'ai un truc à finir.
Chérie, quand je disais que tu fais bien de faire un régime, je plaisantais, hein !
Pa-pa il est cacaboudin-euh.

Question de nature

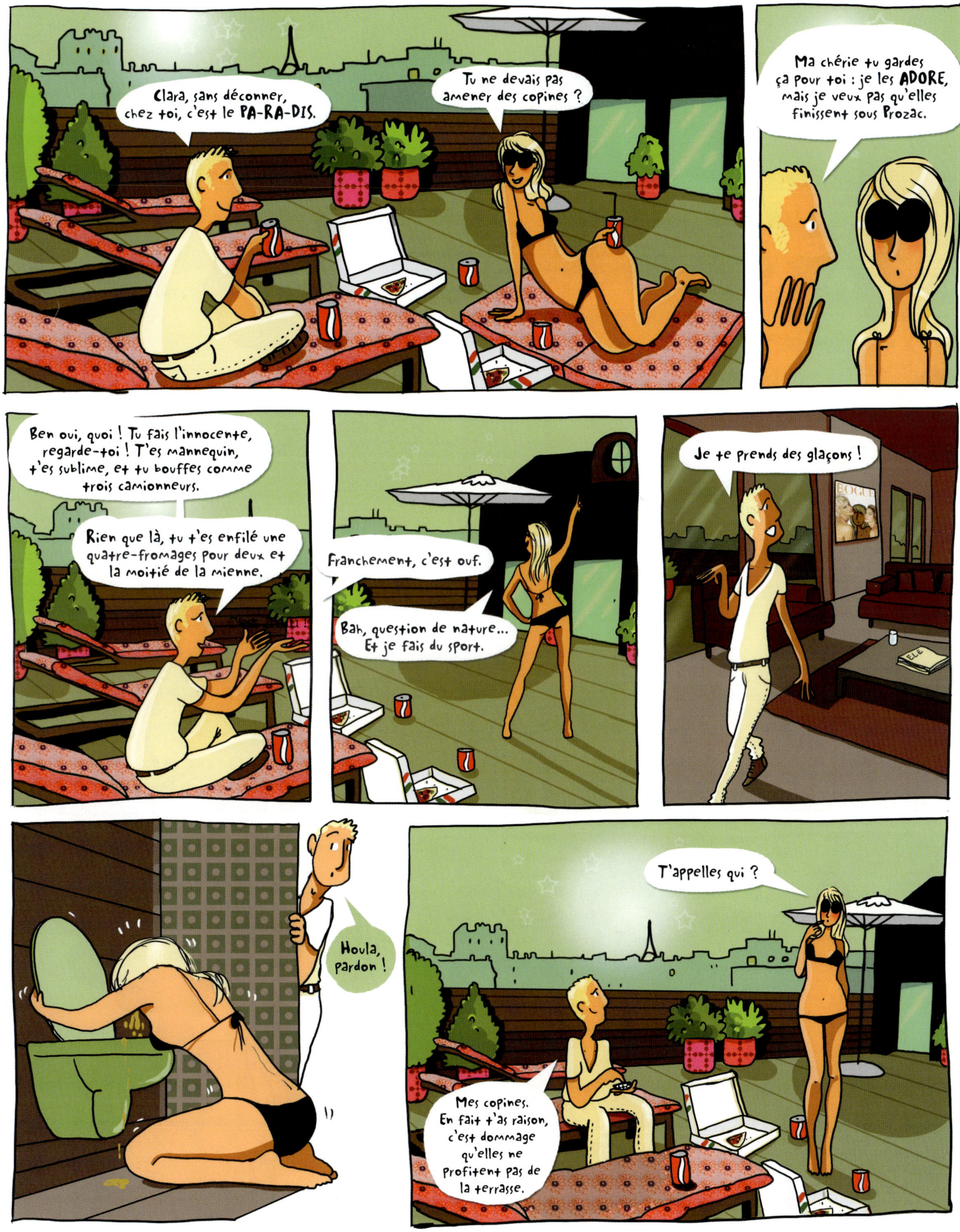

Clara, sans déconner, chez toi, c'est le PA-RA-DIS.
Tu ne devais pas amener des copines ?
Ma chérie tu gardes ça pour toi : je les ADORE, mais je veux pas qu'elles finissent sous Prozac.
Ben oui, quoi ! Tu fais l'innocente, regarde-toi ! T'es mannequin, t'es sublime, et tu bouffes comme trois camionneurs.
Rien que là, tu t'es enfilé une quatre-fromages pour deux et la moitié de la mienne.
Franchement, c'est ouf.
Bah, question de nature... Et je fais du sport.
Je te prends des glaçons !
Houla, pardon !
T'appelles qui ?
Mes copines. En fait t'as raison, c'est dommage qu'elles ne profitent pas de la terrasse.

Mange ma fille, mange

Olivia, tu me fais pitié avec ces saloperies. Mange quelque chose, t'es toute maigre !
Non, merci.
Prends juste une cuisse de poulet !
Rissolé avec les oignons et le citron vert, c'est pas gras.
Non, non.
Bon, un petit beignet de poisson alors. C'est régime, le poisson !
Pas celui là, non.
Et sans la sauce sucrée ?
Non plus.
Curry de crevettes ?
Laisse tomber, elle ne veut rien.
Ok ! Ok ! Ok ! Mais à UNE condition !
Comment ça t'as bouffé du poulet ET des beignets ET du curry ???
Attends, attends.
j'ai un mot d'excuse de mes parents !!!
ceci est un mot d'excuse de la part des parents d'olivia.

Autant en emporte le vent

La vérité sort d'où elle peut

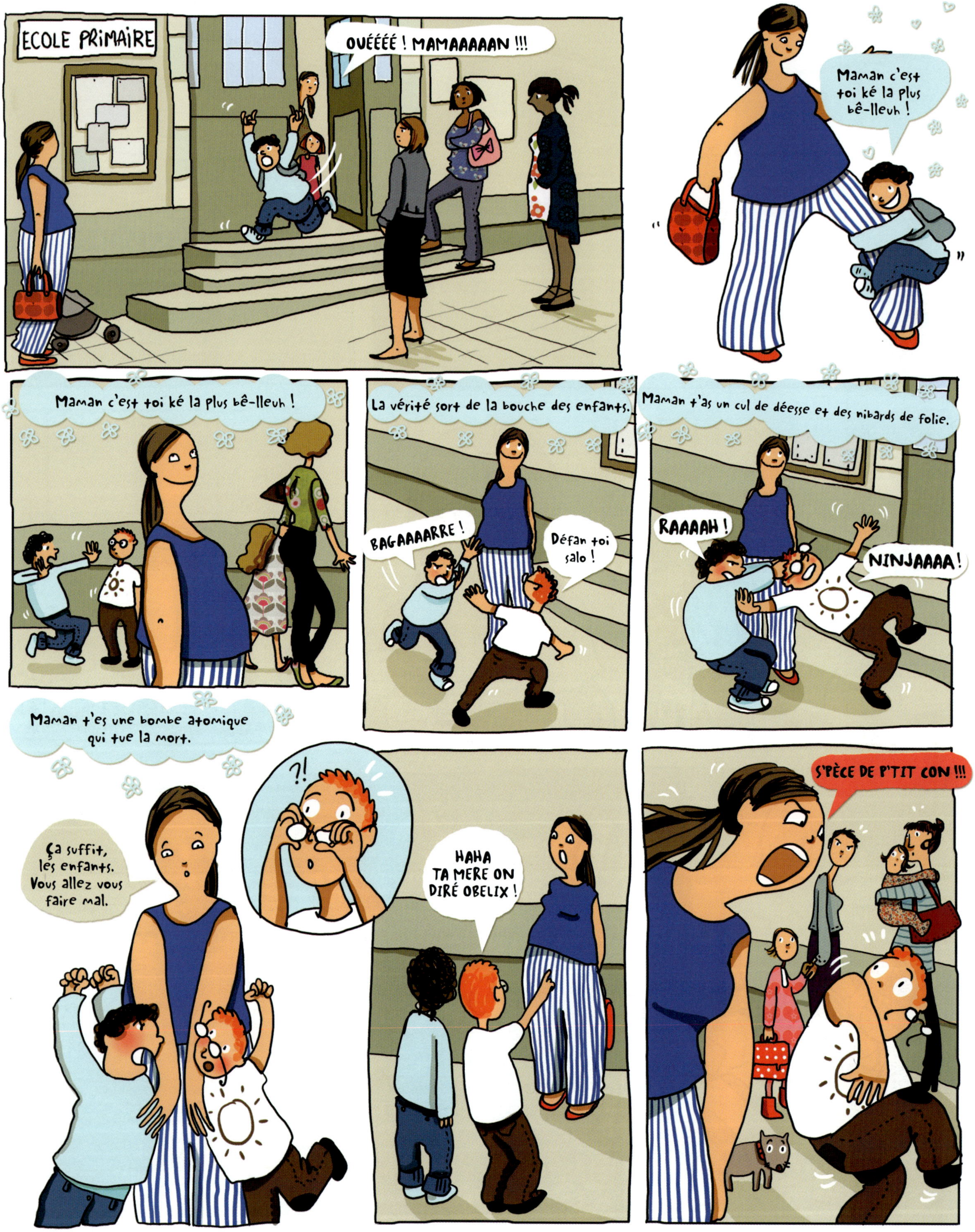
ECOLE PRIMAIRE
OUÉÉÉÉ ! MAMAAAAAN !!!
Maman c'est toi ké la plus bê-lleuh !
Maman c'est toi ké la plus bê-lleuh !
La vérité sort de la bouche des enfants.
BAGAAAARRE !
Défan toi salo !
Maman t'as un cul de déesse et des nibards de folie.
RAAAAH !
NINJAAAA !
Maman t'es une bombe atomique qui tue la mort.
Ça suffit, les enfants. Vous allez vous faire mal.
?!
HAHA TA MERE ON DIRÉ OBELIX !
S'PÈCE DE P'TIT CON !!!

Ballon maudit

Pardon.
Pardon.
Paaaardon.
LIGNE 13
Gnnnnn
Putain c'est pas vrai !
Encore 5 étages.
Je commence à comprendre pourquoi le mec m'a dit que c'est plus efficace chez soi que dans un club !

Pilot d'essai

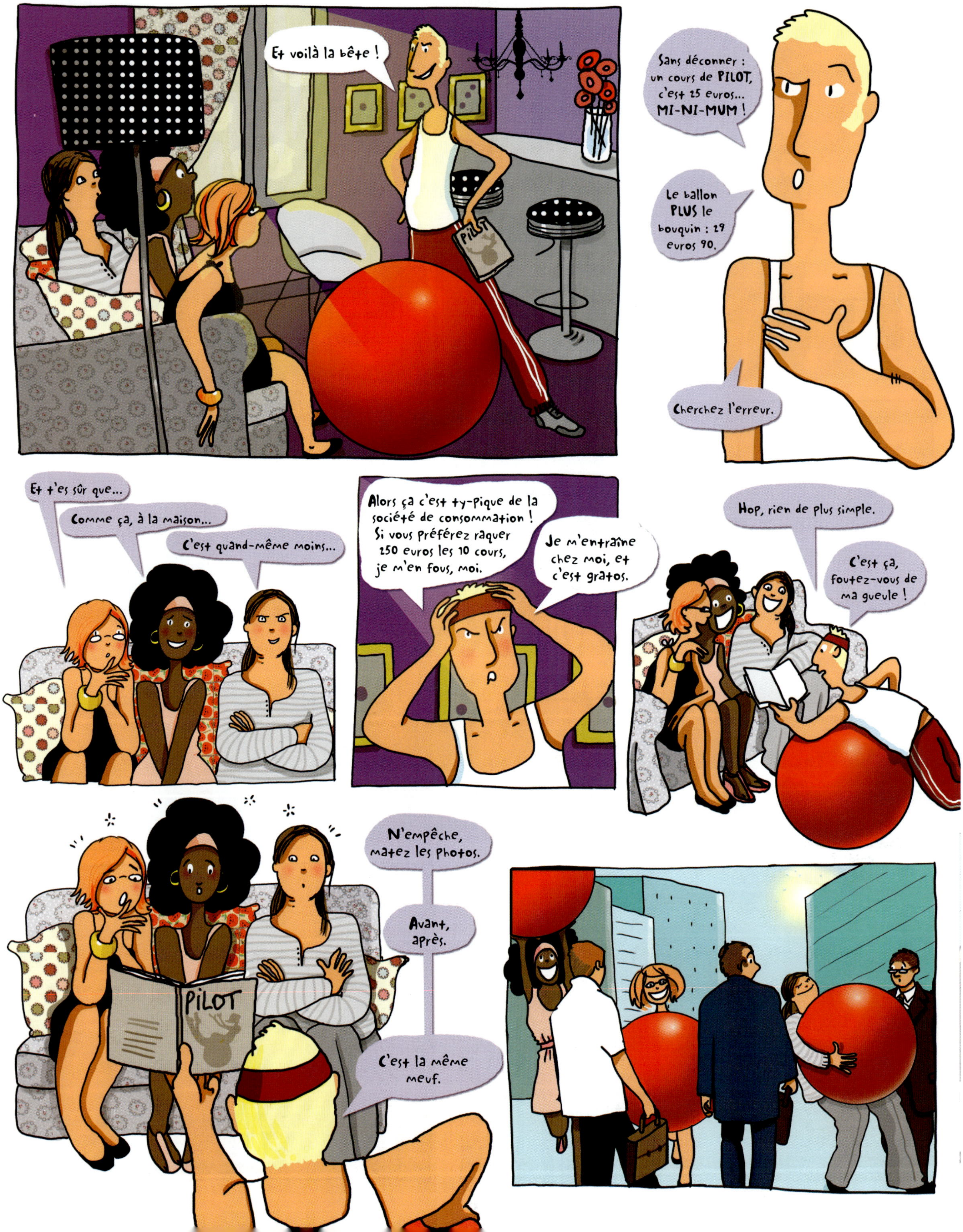

Et voilà la bête !
Sans déconner : un cours de PILOT, c'est 25 euros... MI-NI-MUM !
Le ballon PLUS le bouquin : 29 euros 90.
Cherchez l'erreur.
Et t'es sûr que...
Comme ça, à la maison...
C'est quand-même moins...
Alors ça c'est ty-pique de la société de consommation ! Si vous préférez raquer 250 euros les 10 cours, je m'en fous, moi.
Je m'entraîne chez moi, et c'est gratos.
Hop, rien de plus simple.
C'est ça, foutez-vous de ma gueule !
N'empêche, matez les photos.
Avant, après.
C'est la même meuf.

Le poids des mots

PILOT
Chérie ? T'as pas vu ma cravate bleue ?
PSHHHHHH
J'hallucine !
Putain j'ai PRIS 2 kilos !
Et moi !
C'est un SCAN-DALE.
Sans déconner...
... alerter la presse...
... engager un tueur...
C'est pas vrai ? Vous avez pris du poids ?
Vous voyez écrit « régime » quelque part ?
PILOT DU MUSCLE EN DOUCEUR
3
Eh ben non, parce que c'est écrit : « PRENDRE DU MUSCLE ».
Si c'est pour un souci de lunettes, y'a Afflelou juste en face.

Le choc des Photos

Regarde celle là, t'étais tellement mignonne ! T'avais deux ans. Tu me disais « maman ya pu gato ! »
Dis-donc, j'étais pas fine, fine, déjà !
Meuh non ! T'étais toute potelée ! Tu ressemblais à ce bébé dans la pub, là...
La pub Justin Bridou ?
Arrête avec ça ! D'abord t'es très bien ...
Gnagna.
Et puis c'est normal de prendre deux trois kilos quand on a eu deux enfants.
T'as vu comme t'étais bien, là ?
Hmmm.
Si tu fais un peu attention, tu vas la retrouver, ta ligne !
Y'a pas de fatalité.
Demande à ton père !

Prendre datte

C'est toi chérie ?
Non, c'est ma jumelle maléfique.
AUTO
Au début de la saison chaude, les Hashboushin du grand Atlas migrent vers le nord...
C'était bien chez ta mère ?
Super.
Commence une longue marche de 975 kilomètres en plein désert...
On mange ? J'ai une de ces dalles !
Les bédouins, habitués à la dure loi de l'Atlas, ne mangent que trois dattes par jour...
Grâce à ce modeste apport calorique, ils peuvent parcourir jusqu'à 60 kilomètres en une journée ...
À table !
Déjà ?
Ce n'est qu'une fois à l'oasis que les Hashboushin boiront un demi-verre d'eau...
C'est quoi, ça ?
Trois cerises.
CHOCO
SALSA
Sel
J'avais pas de dattes.

Trop sympa comme fille

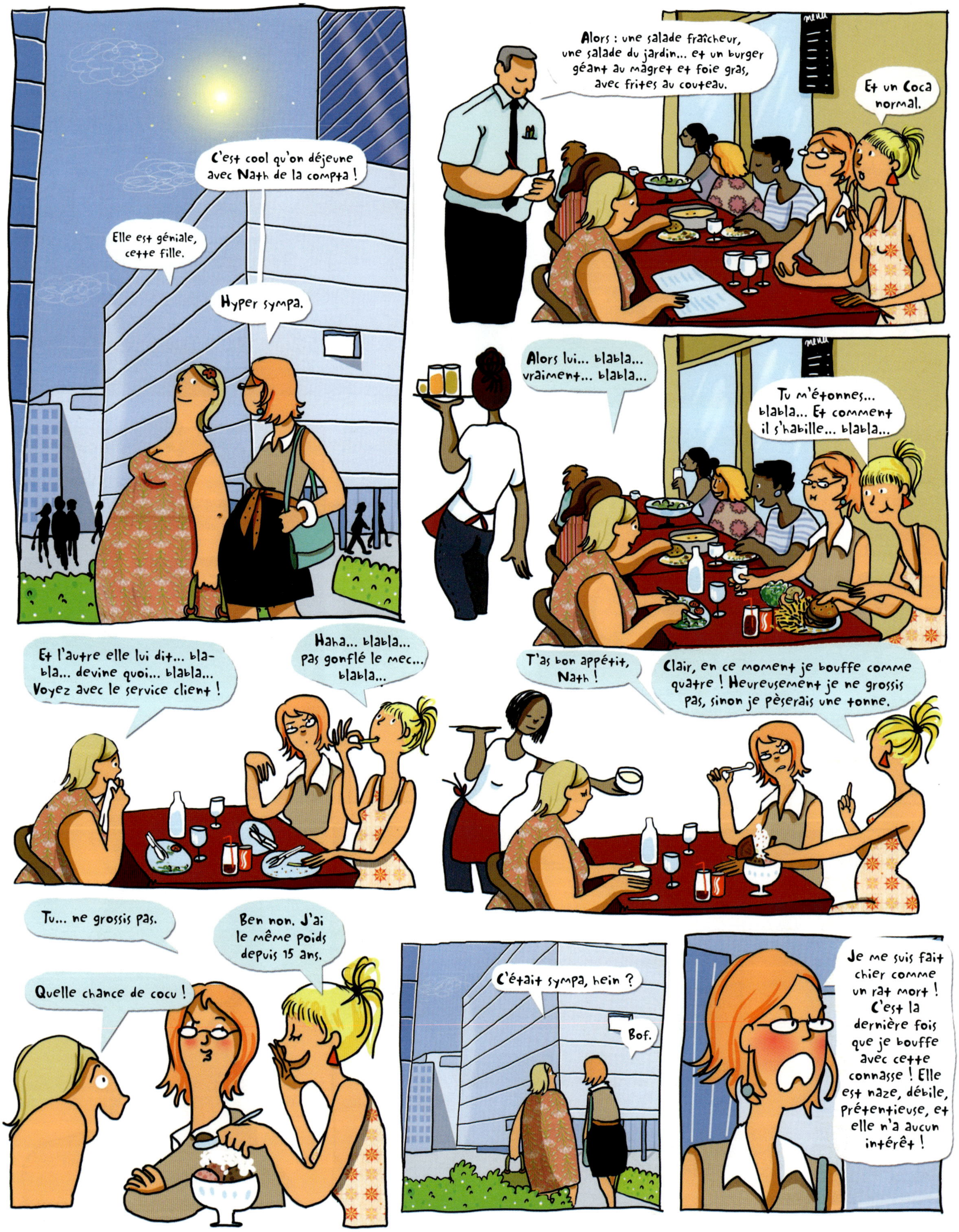

C'est cool qu'on déjeune avec Nath de la compta !
Elle est géniale, cette fille.
Hyper sympa.
Alors : une salade fraîcheur, une salade du jardin... et un burger géant au magret et foie gras, avec frites au couteau.
Et un Coca normal.
Alors lui... blabla... vraiment... blabla...
Tu m'étonnes... blabla... Et comment il s'habille... blabla...
Et l'autre elle lui dit... bla-bla... devine quoi... blabla... Voyez avec le service client !
Haha... blabla... pas gonflé le mec... blabla...
T'as bon appétit, Nath !
Clair, en ce moment je bouffe comme quatre ! Heureusement je ne grossis pas, sinon je pèserais une tonne.
Tu... ne grossis pas.
Ben non. J'ai le même poids depuis 15 ans.
Quelle chance de cocu !
C'était sympa, hein ?
Bof.
Je me suis fait chier comme un rat mort ! C'est la dernière fois que je bouffe avec cette connasse ! Elle est naze, débile, prétentieuse, et elle n'a aucun intérêt !

Gros bonnet

Et toi ? Toujours célib ?
Toujours, oui. Tu me connais, je suis hyper difficile.
Et ton mec idéal, il ressemble à quoi ?
Hihi, secret défense.
Moi j'ai passé 3 ans avec mon ex... C'était l'EN-FER.
Vraiment ?
Le genre de meuf qui te POURRIT la life avec ses problèmes de poids.
Et j'ai un bourrelet ici, et j'ai de la cellulite là...
Et patati et patata.
Et que je me pèse toutes les 5 minutes...
Le boulet.
PILE la meuf qui a fit fuir les mecs. Ne me demande pas comment j'ai tenu 3 ans !
Non, je ne te demande pas.
Le seul truc qu'elle avait pour elle, c'est sa poitrine. Enorme !
Mais vaut mieux une maigrichonne qui ne se prend pas la tête qu'une casse-couilles avec de gros seins. Non ?
Me touche pas.

(R)allumer le feu

Moi j'en ai marre. J'arrête.
Moi aussi. On a tout essayé, et puis merde, c'est bientôt les vacances.
On sera moches comme des culs, et basta.
Quoi ???
Chips
Après tous ces efforts ? Vous êtes folles !
Nous avons devant nous une épreuve des plus douloureuses ! Nous avons devant nous de nombreux et longs mois de combats et de souffrance.
Je n'ai rien d'autre à offrir que du sang, de la peine, des larmes et de la sueur.
Vous vous demandez quel est notre but ? Je peux répondre en un mot : la victoire, la victoire à tout prix, aussi long et dur que soit le chemin qui nous y mènera ; car sans victoire, il n'y a pas de survie.
Et pis c'est tout.
T'as entendu parler de la méthode Tartignac ?
Paraît que ça marche, mais j'essaierais bien les brûleurs de graisse.
Moi je dis : l'homéopathie ! Ma belle-sœur a perdu 10 kilos comme ça.
Ce discours a sauvé l'Angleterre en 40, et il vient de nous éviter la CATA !

We shall never surrender

I have nothing to offer but blood, toil, tears and sweat
We have before us an ordeal of the most grievous kind
Nous avons devant nous une épreuve des plus douloureuses
We have before us many, many long months of struggle
Nous avons devant nous de nombreux et longs mois de combats
And of suffering
Et de souffrance
Victory, victory at all costs
La victoire, la victoire à tout prix
P
SUPERELEC 2000
We shall fight on beaches, landing grounds, in fields, in streets and on the hills.
We shall never surrender !
Je vais faire un petit 38 !

Trop chou

Ok les filles. Ça devient UR-GENT. Il faut aller à l'essentiel. Et l'essentiel, c'est le chou.
Oui, le chou.
le chou
Notre nouveau régime, c'est le chou.
Y'a pas mieux pour maigrir.
Pas cher, facile à préparer.
Le chou.
Et donc là... l'apport en calories... Les graisses... brûlées... acide... LE CHOU...
J'ai rien compris.
Y'a un truc avec le chou, non ?
Le chou ? Quel chou ?
Tsss, vous êtes connes ! Le chou cru c'est super dur à digérer, il brûle plus de calories qu'il n'en apporte. Voilà.
Putain, c'est génial !
En plus c'est hyper bon, le chou !
J'adore ça, moi.
DRIIIING
Cool, c'est la pizza !
Je vais ouvrir.
Je ramène le Coca.

Carrément trop chou

Lundi, 12h.
Chou au naturel.
CHOCO
SALSA
Sel
Lundi, 20h35.
Chou au citron.
Mardi, 12h15.
Chou au vinaigre.
Mardi, 20h35.
Chou sel poivre.
Vendredi, 12h04.
Chou rouge.
Vendredi, 20h35.
Encore du putain
de chou rouge.
Samedi, 20h35.
Encore du foutu bordel
de chou rouge.
T'as passé une
bonne journée,
mon chou ?
RAAAAAH !

Une star est née

T'as vu ? Y'a un dossier spécial : régimes des stars !
Trop Belle
Super.
Jardinage
Tu savais que Madonna fait des cures de peaux de fruits ?
Non, on s'est engueulées, je la vois plus.
MON JARDIN MA BATAILLE
Et Prince ! Il fait Proteos !!! J'aurais jamais cru !
C'est sûr, c'est incroyable.
Jennifer Aniston, pareil. Et lady Gaga, devine ce qu'elle fait ?
Tu sais quoi ? Je crois que je vais faire le régime...
... de BRAD PIT !!!
Pourquoi de Brad Pit ?
Mais parce qu'il est bôôôôô !
J'aurai l'impression d'être Angélina Jolie !
Même si je maigris pas, on s'en fout.

Qui dort ne dîne pas

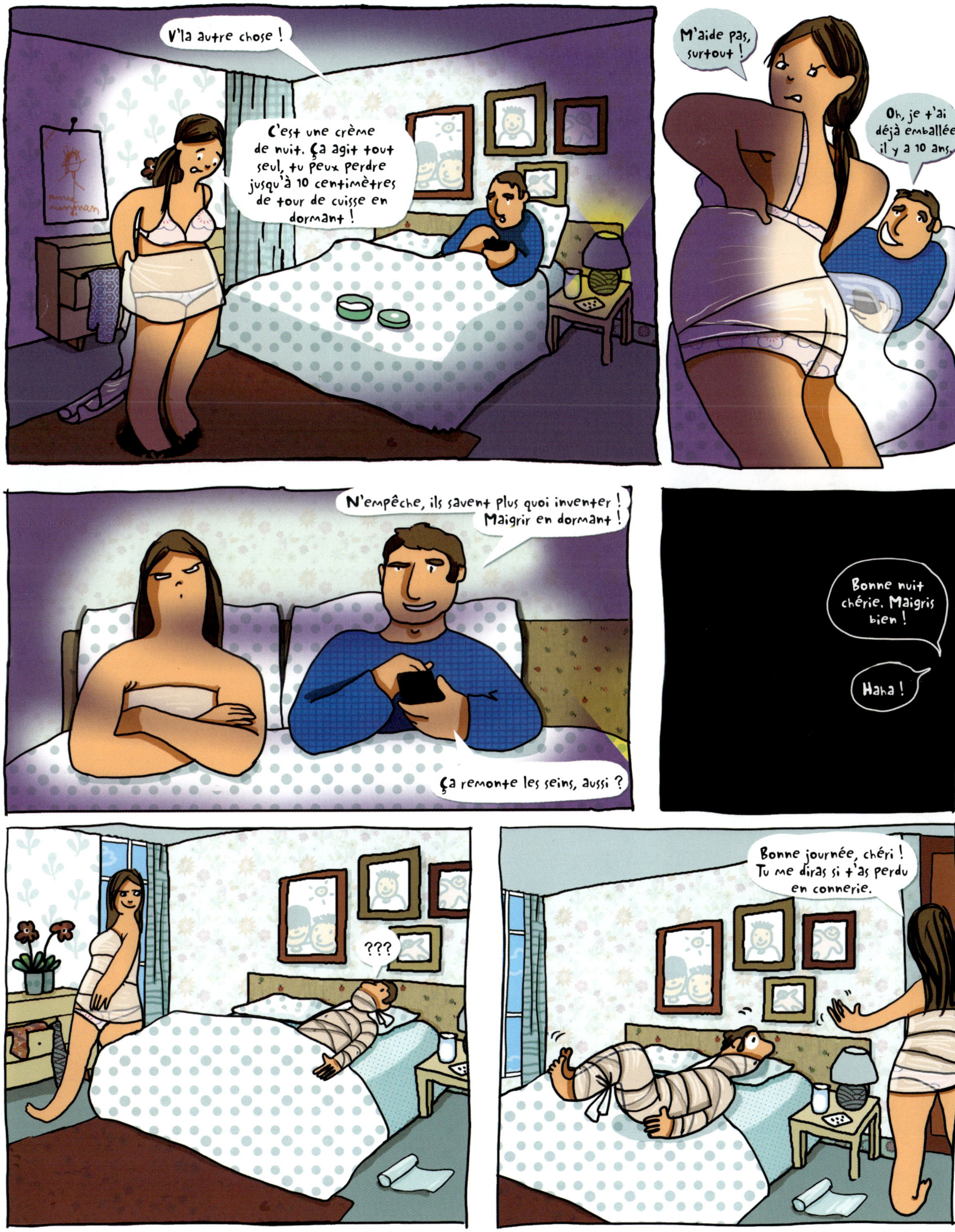

V'la autre chose !
C'est une crème de nuit. Ça agit tout seul, tu peux perdre jusqu'à 10 centimètres de tour de cuisse en dormant !
M'aide pas, surtout !
Oh, je t'ai déjà emballée il y a 10 ans.
N'empêche, ils savent plus quoi inventer ! Maigrir en dormant !
Ça remonte les seins, aussi ?
Bonne nuit chérie. Maigris bien !
Haha !
???
Bonne journée, chéri ! Tu me diras si t'as perdu en connerie.

La femme invisible

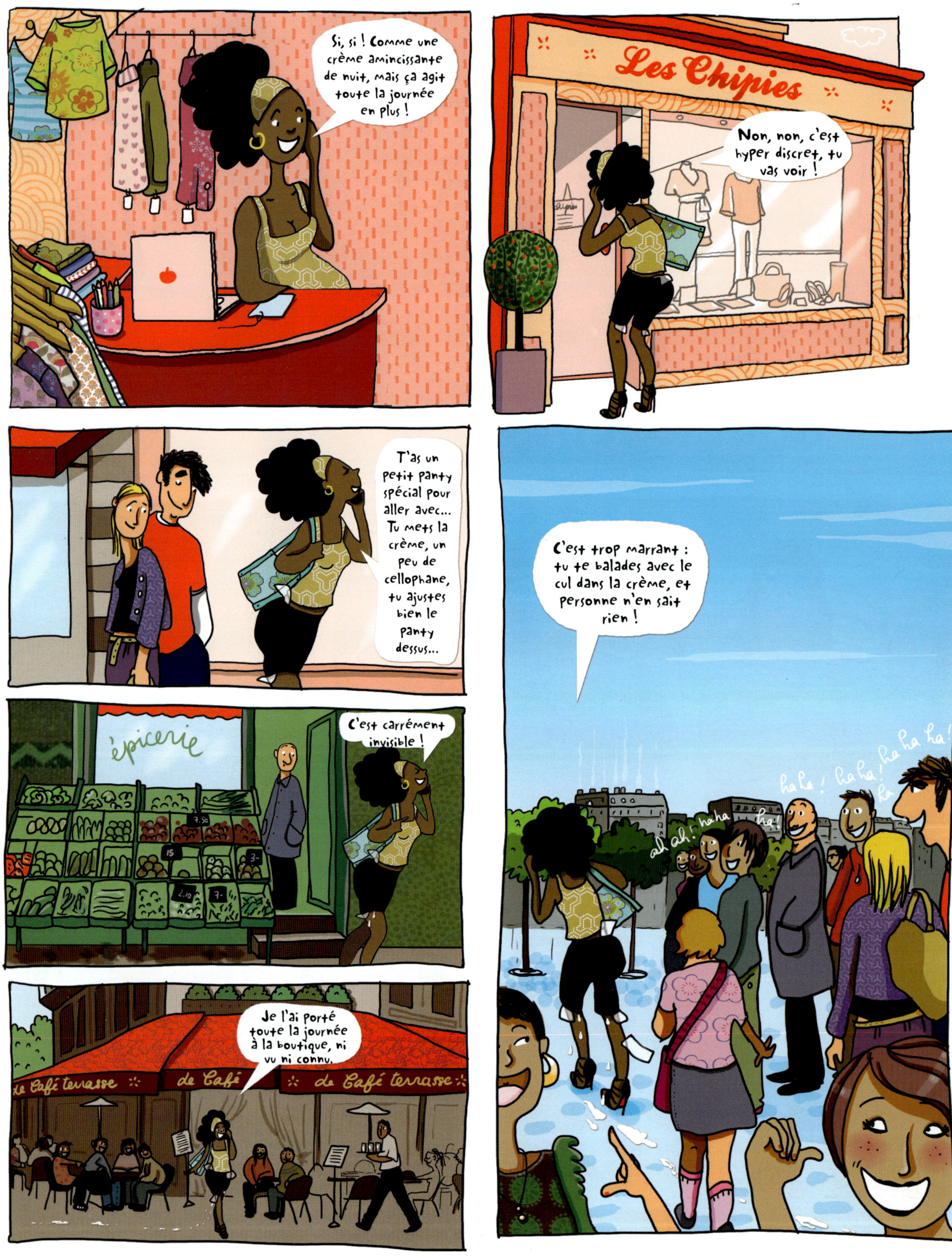

Si, si ! Comme une crème amincissante de nuit, mais ça agit toute la journée en plus !
Les Chipies
Non, non, c'est hyper discret, tu vas voir !
T'as un petit panty spécial pour aller avec... Tu mets la crème, un peu de cellophane, tu ajustes bien le panty dessus...
épicerie
C'est carrément invisible !
Je l'ai porté toute la journée à la boutique, ni vu ni connu.
de Café terrasse
de Café
de Café terrasse
C'est trop marrant : tu te balades avec le cul dans la crème, et personne n'en sait rien !
ah ah ! haha
ha !
haha ! haha ! ha ha ha ! ha

Deux c'est mieux qu'une

MAIS BORDEL !
C'est sûr, ça doit être plus pratique quand t'as un mec à la maison pour t'aider à le mettre.
SI J'AVAIS UN MEC, TU CROIS QUE JE ME FERAIS CHIER AVEC ÇA ?

Y'a pas photo

McDonald's
It's just ridiculous.
French burgers are SO small !
Can I have more mayonnaise ?
Hélo, I take pictcheure please, souvenir of Paris ?
TDZZ
Cinque you ! Baille baille !
Oui, c'est moi ! Je vous envoie par MMS un coupe-faim gratos, qui marche super bien !

Ici et maintenant

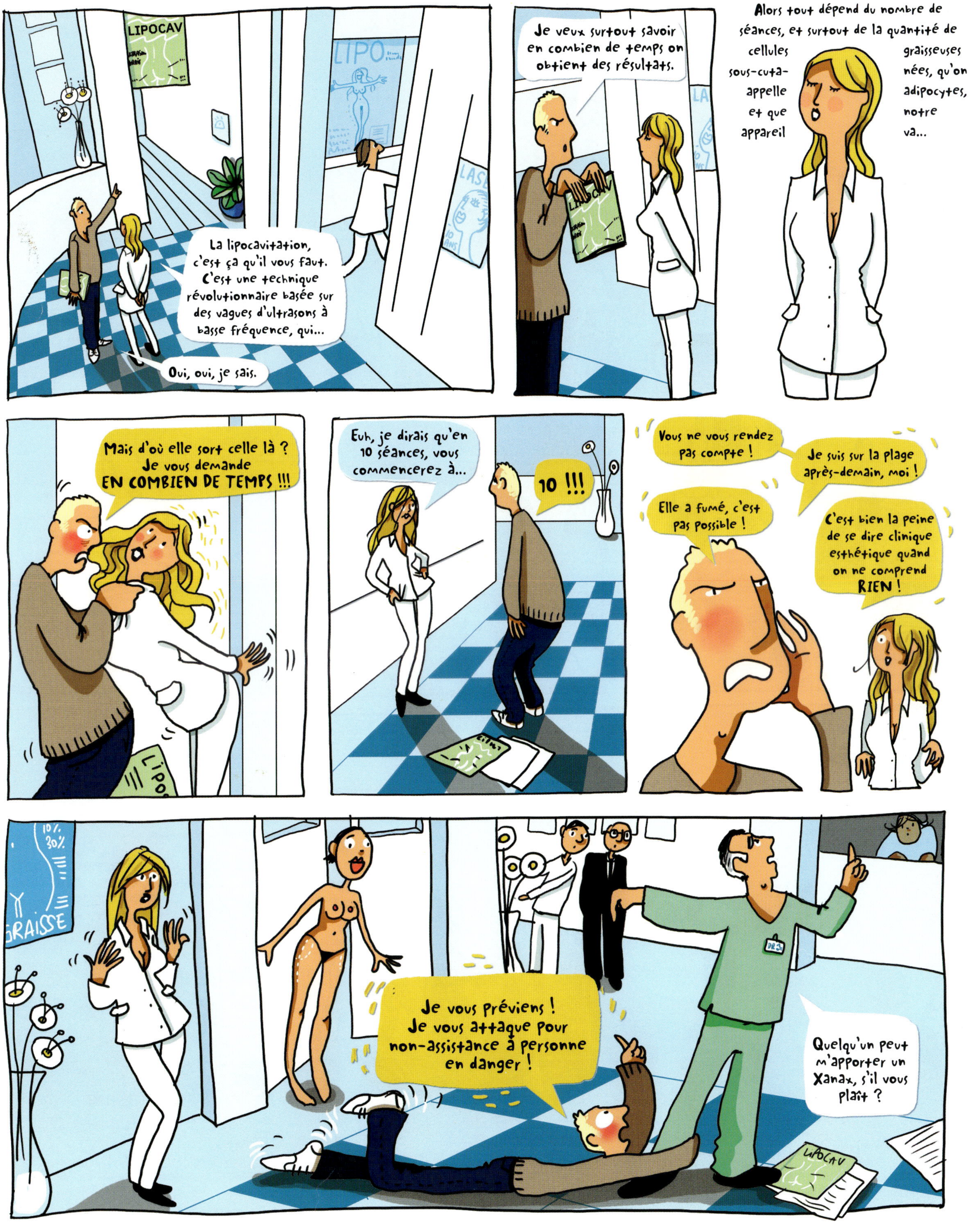

LIPOCAV
La lipocavitation, c'est ça qu'il vous faut. C'est une technique révolutionnaire basée sur des vagues d'ultrasons à basse fréquence, qui...
Oui, oui, je sais.
Je veux surtout savoir en combien de temps on obtient des résultats.
Alors tout dépend du nombre de séances, et surtout de la quantité de cellules graisseuses sous-cutanées, qu'on appelle adipocytes, et que notre appareil va...
Mais d'où elle sort celle là ? Je vous demande EN COMBIEN DE TEMPS !!!
Euh, je dirais qu'en 10 séances, vous commencerez à...
10 !!!
Vous ne vous rendez pas compte !
Je suis sur la plage après-demain, moi !
Elle a fumé, c'est pas possible !
C'est bien la peine de se dire clinique esthétique quand on ne comprend RIEN !
GRAISSE
Je vous préviens ! Je vous attaque pour non-assistance à personne en danger !
Quelqu'un peut m'apporter un Xanax, s'il vous plaît ?
LIPOCAV

Ils sentaient bon le sable chaud

le plat du jour 8€
Bon ben c'est l'heure des comptes... De mon côté, je vous dis tout suite, c'est la cata.
Moi j'ai pas perdu un gramme.
Pas mieux.
Et moi j'ai pris deux kilos.
Ça va être l'horreur, sur la plage !
Totale.
Je me baigne en burkini, moi.
Si c'était pas déjà payé, j'annulerais mes vacances, voilà !
Ou j'irais à la montagne.
En doudoune.
Les mecs, ils vont bien se marrer quand ils vont nous voir !
mademoiselle Caroline 30/11/10 15/04/11